EDMOND ROSTAND

DEUX ROMANCIERS DE PROVENCE

HONORÉ D'URFÉ ET ÉMILE ZOLA

LE ROMAN SENTIMENTAL
ET LE ROMAN NATURALISTE

*Essai qui a obtenu à l'Académie de Marseille
le prix du Maréchal de Villars en 1887*

PARIS

LIBRAIRIE ANCIENNE ÉDOUARD CHAMPION

5, QUAI MALAQUAIS (6e)

1921

DEUX ROMANCIERS DE PROVENCE

Honoré d'URFÉ et Émile ZOLA

LE ROMAN SENTIMENTAL
ET LE ROMAN NATURALISTE

JUSTIFICATION DU TIRAGE

Il a été tiré de cet ouvrage :

1000 exemplaires sur papier d'Arches ;
  50   —   sur papier du Japon ;
   5   —   sur papier de Chine.

EDMOND ROSTAND

DEUX ROMANCIERS DE PROVENCE

HONORÉ D'URFÉ ET ÉMILE ZOLA

LE ROMAN SENTIMENTAL
ET LE ROMAN NATURALISTE

Essai qui a obtenu à l'Académie de Marseille
le prix du Maréchal de Villars en 1887

PARIS

LIBRAIRIE ANCIENNE ÉDOUARD CHAMPION

5, QUAI MALAQUAIS (6e)

1921

INTRODUCTION

Qu'un écrivain célèbre ait débuté par des essais, qui n'ont aucun rapport avec le genre, qui a fait depuis sa réputation, c'est là ce qu'on a eu l'occasion de voir plus d'une fois : Corneille écrit d'abord des comédies, Pascal des traités scientifiques, Voltaire des tragédies, un poème épique ; plus proches de nous un Paul Bourget, un Jules Lemaître font des vers jusqu'à leur trentième année, et ce Zola, dont nous allons tout à l'heure avec Edmond Rostand évoquer la figure, est entré dans la vie littéraire en apportant des contes sentimentaux.

Mais il arrive à l'ordinaire que cette première activité — et c'est le cas de tous les écrivains que je viens de citer — s'est poursuivie durant quelques années et que les lettrés du moins n'en ont pas tout à fait perdu le souvenir.

Or qu'on vienne leur annoncer aujourd'hui, je dis même aux mieux informés : « Edmond Rostand a débuté, non point, comme on l'a dit, par un vaudeville, ce qui est déjà du théâtre, mais par un essai critique en prose, et non pas sur deux auteurs dramatiques, mais sur deux romanciers », ils s'étonneront, s'informeront des conditions où cet essai a paru, de son sujet, de sa valeur ; ils voudront des explications ; ces explications, en tête de ces pages, qui sont rééditées aujourd'hui par les soins d'Édouard Champion, voici que je dois donc les donner à la curiosité du public.

Pour bien comprendre il n'est que d'évoquer un instant celle qui a formé le jeune génie d'Edmond Rostand bien plus qu'il ne s'en est lui-même rendu compte et qu'on ne l'a dit en parlant de lui, la bonne fée penchée sur son enfance pour lui donner tour à tour les plus brillants des dons poétiques, je veux dire la Provence. Car c'est elle qui lui fournit à la fois l'occasion, le thème, les personnages de ce premier essai et les qualités d'esprit qu'il fallait pour le bien traiter et qu'il devait appliquer ensuite à de plus glorieux travaux.

On sait assez qu'Edmond Rostand est né à Marseille le 1er avril 1868, mais quand on a donné ce premier détail biographique, on passe et l'on en vient à considérer tout de suite le collégien de Stanislas ou le jeune auteur des *Romanesques*. Aujourd'hui soyons plus attentifs à ses origines. Arrêtons-nous un instant à Marseille, devant cette maison de la rue Montaux, aujourd'hui la rue Edmond Rostand, où cet enfant s'éveille à la vie, devant ce vieux lycée où il prend contact avec les poètes, devant cette Académie de Marseille qui lui tend sa première couronne.

*
* *

Edmond Rostand est né à Marseille, non point par hasard comme cet Honoré d'Urfé qu'il évoque à ses débuts, mais d'une vieille famille marseillaise, et, mieux encore, provençale. Car c'est d'Orgon, ce gros village voisin de Saint-Remy, la patrie de Roumanille, de Maillane, la patrie de Mistral, que s'élève cette famille des Rostand. A Orgon, au XVIIIe siècle, nous savons qu'un Esprit Rostand — Esprit, le joli nom pour qui doit faire souche de poètes ! — est notaire royal. A la fin du siècle un de ses fils descend à Marseille, y fonde une maison pour le commerce des draps, y épouse une fille de Toulon, Marguerite Lions, dont il a huit enfants. L'un d'eux, Alexis, sera l'aïeul d'Edmond Rostand. Il a vingt ans quand la Révolution éclate ; il sert à l'armée des Pyrénées-Orientales, il est cité à l'ordre du jour pour être entré le premier dans une redoute ; à l'armée des Pyrénées-Orientales servait aussi un jeune homme de Maillane, qui s'appelait Frédéric Mistral. C'était le père du poète. Père d'un Mistral, aïeul d'un Rostand, ces hommes d'action, qui ont vu s'illuminer leur jeunesse à la lueur de si grands événements, ont conservé toute leur vie le goût de l'activité uni au respect des choses de l'esprit.

Les guerres finies, Alexis Rostand rentre à Marseille et dans la cité qui se réorganise occupe peu à peu une place éminente : juge et président du Tribunal de Commerce, maire de la ville de Marseille, président du Conseil général des Bouches-du-Rhône, fondateur et président de la Caisse d'épargne, auteur de nombreux mémoires, rapports et discours, il répand en tous sens une magnifique activité de grand travailleur et meurt en 1854, en sa quatre-vingt-sixième année, chargé d'ans et d'honneurs.

En même temps son frère Bruno commerce

avec les Échelles du Levant. Un jour un riche voyageur vient le trouver, qui lui demande de noliser un brick à son intention, pour s'en aller vers la Palestine ; M. Bruno Rostand met à sa disposition un de ses meilleurs bâtiments, l'*Alceste*, commandé par le capitaine Blanc, du port de La Ciotat. On était en juin 1832 : le riche voyageur, qui voyait des fenêtres de l'Hôtel Beauvau l'*Alceste* se balancer dans le Vieux-Port, s'appelait Alphonse de Lamartine. Avec une gratitude émue le grand poète a cité dans son *Voyage en Orient* le nom de ce Bruno Rostand, qui « l'avait comblé de prévenances et de bontés, homme instruit, disait-il, et capable des emplois les plus éminents, entouré d'une famille charmante et ne s'occupant qu'à répandre parmi ses enfants des traditions de loyauté et de vertu ».

On voit assez ce milieu de bourgeoisie aisée et lettrée ; le fils d'Alexis, Joseph Rostand, est à Marseille même receveur des taxes municipales ; ses deux fils, Eugène et Alexis, le père et l'oncle d'Edmond Rostand, sont à la fois des hommes d'affaires et des artistes : Alexis Rostand, mort récemment directeur du Comptoir National d'Escompte à Paris, après en avoir longtemps dirigé la succursale à Marseille, et tout à la fois musicien estimé, auteur de mélodies et d'oratorios ; Eugène Rostand, économiste et poète.

Évoquons un instant sa figure ; aussi bien elle est à l'origine de ces pages que j'ai l'honneur de présenter au public lettré. Il les inspire directement et c'est par ses soins que, pour la première fois, elles voient le jour.

Économiste et poète, ai-je dit. Oui, poète mort jeune, à qui l'homme a survécu, poète qui s'est tu modestement, quand il a vu qu'un fils, infiniment doué pour la poésie, avait repris et amplifié le chant clair et sincère, qu'il avait essayé de moduler, sans autre prétention que celle d'apparaître un honnête homme, un amateur distingué. *Ébauches*, avait-il dit en 1865 ; la *Seconde Page* avait-il ajouté en 1866, livres simples et tendres, où l'on avait entendu les accents de l'amour et de la jeunesse ; les *Sentiers unis*, disait-il encore en 1887, pour désigner le livre de maturité où il notait les émotions plus profondes de la paternité auprès du berceau de ses filles et de ce petit garçon que tout le monde appelait Edmond et qu'il appelait, plus tendrement, Eddy.

Entre temps, humaniste, qui se souvenait d'avoir eu au lycée de Marseille un prix d'honneur et pour maître l'annotateur bien connu de Virgile, le latiniste Benoist, qui fut depuis à la Sorbonne professeur de poésie latine, il avait traduit Catulle en vers français, d'une façon charmante et telle qu'il est peu d'exemples d'une traduction aussi serrée et aussi élégante d'un auteur latin.

Mais, pris dans le tourbillon des affaires marseillaises, cet érudit, ce poète abandonne Catulle pour devenir président de la Caisse d'épargne, qu'avait fondée son grand-père Alexis, et puis de je ne sais combien d'œuvres diverses, et pour collaborer au *Journal des Débats*, comme au *Journal de Marseille*. Cependant, en 1877, il a été élu membre de l'Académie de Marseille, et c'est par là qu'il mérite ici de nous intéresser le mieux.

*
* *

Nous voici en effet revenus au point de départ de notre brochure. Car ce jeune Edmond, qui est le fils d'Eugène Rostand, et qui a fait au lycée de Marseille, de la sixième à la rhétorique incluse, des classes fort brillantes, en récoltant un grand nombre de nominations et toujours des prix de français et d'histoire, présage d'une vocation pour le drame historique, voici qu'il est devenu l'élève de René Doumic au collège Stanislas, et puis, tout grisé de cette littérature qui l'a enveloppé dès l'enfance, enivré de lumière méditerranéenne, il songe, lui aussi, à devenir à Paris ce poète que nul ne demandait, comme il dit dans son excessive modestie, au risque d'y être un « Daniel Eyssette sans Alphonse Daudet ».

Mais, en ses débuts, nostalgique et presque dégoûté d'avoir à se faire « une place au soleil d'une ville qui n'a pas de soleil », de ce Paris où il fait un peu figure d'exilé, ses yeux se tournent, éblouis encore, vers sa ville natale.

Or un jour, en 1887, son père lui communique le sujet que propose l'Académie de Marseille pour le prix du maréchal de Villars, qu'elle décerne annuellement. Il est un peu bizarre, ce sujet, et il diffère notablement des bons travaux ordinaires que proposent aux concurrents bénévoles les Académies de province. Peut-être doit-on penser que c'est Eugène Rostand lui-même qui l'a soufflé à ses confrères : « Deux romanciers provençaux, Honoré d'Urfé et Émile Zola », le premier et le dernier de la série, l'un toute grâce et toute élégance, peintre d'une société raffinée, l'autre toute crudité et toute grossièreté parfois, miroir brutal du monde moderne en toute sa vulgarité. Quel intéressant contraste ! Quelle gageure à soutenir que cette comparaison paradoxale ! Et voici que, piqué au jeu, ce jeune homme de dix-huit ans se met à l'œuvre. Il aime la Provence, le passé que représente d'Urfé, et il n'est pas insensible au présent d'affaires et de négoces que représente Zola ; il retrouve en un tel sujet les goûts même, si divers, de sa race complexe.

Et puis obtenir le prix du maréchal de Villars à l'Académie de Marseille, ce n'est point déjà si mince honneur aux yeux d'un jeune homme qui, dès son enfance, a entendu parler avec éloges de cette digne compagnie, dont son père et son oncle font partie.

N'est-elle pas une des plus notables parmi les Académies de province ? Ces Académies de province, on les a volontiers ridiculisées. Elles n'ont pas toujours mérité qu'on se moquât d'elles à ce point. Au XVIIIᵉ siècle la plupart d'entre elles poursuivent une tâche noble, belle, utile, qui est de représenter dans toute la France la culture française et de ne point la laisser se perdre dans les salons où paradent, après les Précieuses ridicules, bien d'autres beaux esprits de province. Au XIXᵉ siècle leur tâche est plus austère peut-être, mais peut-être aussi plus utile ; par les recherches de leurs travailleurs, elles éclairent l'archéologie, l'histoire, la géographie régionales ; dans leurs mémoires reposent bien des documents, présentés parfois, je l'accorde, de façon maladroite, mais infiniment utiles à consulter.

En outre l'appréciation des valeurs littéraires ne leur a point manqué ; pouvons-nous oublier que l'Académie de Dijon a révélé Rousseau à la France et que l'Académie des Jeux Floraux de Toulouse, berceau du premier romantisme, a couronné, la première, Victor Hugo ?

L'Académie de Marseille, elle aussi, a quelques titres qu'elle peut faire valoir avec assez d'honneur. Elle fut fondée en 1726 par le maréchal de Villars, qui, l'année même de la victoire de Denain, avait été nommé gouverneur de Provence. En ces fonctions Villars s'était fait une vraie popularité qu'il aimait à cultiver ; il avait de l'affection pour sa « grosse ville » et ses « bons amis » de Marseille, comme il le disait ; il entretenait les rapports les plus cordiaux avec la Chambre de Commerce, qui, chaque année, à l'époque du carême, lui envoyait un quintal et demi de café trié, deux barils d'huile d'un quintal pièce, un baril de thon mariné, un baril de soles marinées, douze pots d'anchois, douze bouteilles d'olives.

Ces relations gastronomiques entre Villars et Marseille ne devaient pas être les seules; il voulut satisfaire aussi aux exigences de l'esprit. En 1726 il fondait, sur le modèle de l'Académie française, dont il était membre, une Académie à Marseille, et cette même année, le 19 septembre, en séance solennelle, cette Académie était adoptée par l'Académie française. Fontenelle répondant au discours de Chalamond de la Visclède, le délégué de l'Académie de Marseille, disait amicalement :

« Votre Académie sera plutôt une sœur de la nôtre qu'une fille; cet ouvrage, que vous êtes engagés à nous envoyer tous les ans, nous le recevrons comme un présent que vous nous ferez, comme un gage de notre union, semblable à ces marques employées chez les anciens pour se faire reconnaître à des amis éloignés. »

Par ces paroles il faisait allusion au tribut littéraire que l'Académie de Marseille s'était engagée à payer chaque année à l'Académie française, sous forme de vers ou de prose, tribut qui fut en effet fourni régulièrement pendant quelques années. Et puis, à la suite de quelques froissements, les rapports entre les deux compagnies subirent diverses fluctuations et finalement furent interrompus par la Révolution. Mais jusqu'alors les Académiciens

de Marseille avaient eu, en principe, le droit de
siéger avec les Immortels, aux séances de l'Académie française, quand ils étaient de passage à Paris.
Il serait peut-être intéressant d'examiner aujourd'hui s'il ne serait pas opportun de renouer de tels
rapports entre les Académies de province et l'Académie française.

Mais sans prétendre discuter ici cette question,
bornons-nous à noter qu'après la Révolution le
Provençal François Raynouard, le premier éditeur
des Troubadours, secrétaire perpétuel de l'Académie française et membre associé de l'Académie
de Marseille, avait essayé de rétablir de tels rapports que sa personnalité facilitait et qu'en 1831,
en un jour d'exaltation, le plus glorieux des Académiciens d'alors, Lamartine, était solennellement
reçu par ses confrères marseillais, quand il s'embarquait pour l'Orient, et leur laissait, en mémoire
de cette réception, le magnifique poème par
lequel il faisait ses adieux à la France et à Marseille.

Depuis l'Académie de Marseille a compté parmi
ses membres associés bien des écrivains français,
parmi ses membres résidants des hommes remarquables, et à côté des principales personnalités de
la région, des hommes comme Joseph Méry, Joseph

Autran, J.-Ch. Roux, Frédéric Mistral, que recevait solennellement, par un beau discours, Eugène Rostand, alors directeur de l'Académie, le 13 février 1887 : en cette même année 1887, quelques mois après, elle couronnait la première le jeune Edmond Rostand.

*
* *

Ce n'était pas seulement qu'elle saluât en ce jeune homme le fils bien doué d'un de ses membres les plus sympathiques, mais c'est aussi que ce travail, qu'elle récompensait ainsi, témoignait vraiment — on en jugera — des plus rares qualités par lesquelles devait se signaler un critique qui était en même temps un poète.

La poésie, il l'avait respirée, on vient de le voir, dès ses premières années dans sa famille et dans sa ville, dans son pays, « au pays, dit-il lui-même, de l'imagination toute-puissante, près de la mer chantante, sous le ciel bleu, dans l'air parfumé », sous la caresse d'un soleil, qui « d'une vieille rue grimpant dans un quartier sale, d'un groupe déguenillé, fait quelque chose de pittoresque et de saisissant », et, comme dira *Chantecler*, fait un étendard en séchant un torchon.

*

La Provence lui a donc donné, dès son enfance, « cette facilité de conter, cette verve, cet enthousiasme dans le récit qui le font vif, coloré, entraînant », et qu'il salue dans les écrivains dont il va parler. Elle lui fournit aussi les deux types sur lesquels cette imagination et cette verve vont s'exercer : Zola, né à Aix, où il a passé son adolescence et dont toujours le souvenir revient vers la vieille ville, qu'il appelle Plassans, et qu'il introduit dans ses premiers romans et dans quelques-uns de ses derniers ; Honoré d'Urfé, de race savoyarde, à dire le vrai, mais qui naît à Marseille, au cœur de la vieille ville, et qui va mourir, non loin de là, sur la Côte d'azur, à Villefranche.

Pour comparer ces deux écrivains si différents, il fallait toutes les ressources d'un esprit singulièrement ingénieux. Si l'étude de chacun de ces deux romanciers était relativement aisée, leur parallèle devenait périlleux. Je crois que c'est justement cette difficulté qui a tenté Edmond Rostand.

Qu'il traitât ce sujet parce qu'il y voyait une occasion facile d'avoir un prix littéraire, faisons-lui l'honneur de ne point le croire. Au reste, ce prix n'était pas tellement important ni glorieux qu'il eût mérité cette contrainte intellectuelle. Si donc ce jeune homme, cédant aux suggestions de son père, se laisse aller à traiter un tel sujet, c'est qu'il y trouve un certain intérêt littéraire, et la joie tout d'abord certainement de vaincre une difficulté.

Un tel esprit, durant toute sa carrière, loin de fuir ou de tourner les obstacles, les accumulera complaisamment devant lui pour avoir le plaisir de les franchir. Deux amoureux s'aiment quand ils se croient séparés par la haine de leurs pères et ne s'aiment plus sitôt que l'amour leur est permis; un homme intelligent et laid emprunte, pour se faire aimer, le masque d'un beau garçon naïf; un troubadour s'éprend d'une dame qu'il n'a jamais vue et meurt le jour qu'il la voit; un coq croit faire lever le soleil et s'aperçoit qu'il n'en est rien; autant de sujets impossibles pour la moyenne des poètes et qui sont pour l'esprit de Rostand de merveilleux excitants; et la difficulté n'était sans doute pas moindre de mettre à la scène le Christ de la *Samaritaine* ou le fils de Napoléon. Sujets difficiles, et dans la façon de les traiter détails à chaque instant imprévus, surprise continuelle de l'épithète, de la coupe, de la rime, amour toujours éveillé de la chose rare, de l'effet inédit, de ce qui est subtil, fragile, irréel, des ombres et des fumées;

frère de ces ratés, de ces délicats qui ne peuvent traduire les finesses qu'ils sentent et qui gardent leurs œuvres en eux-mêmes, ne pouvant réaliser de trop magnifiques projets, de ces peintres que « désespère la toujours fuyante couleur », et descendant aussi de cette race des troubadours, qui avait poussé jusqu'à l'extrême limite le raffinement de l'amour et des termes par lesquels il s'exprime, — tel sera Edmond Rostand, tel il est, quand il se trouve à dix-huit ans excité par ce sujet paradoxal : comparer d'Urfé et Zola, le romancier de toutes les grâces et de toutes les subtilités amoureuses, celui de toutes les audaces et de toutes les vulgarités naturalistes. Voilà le parallèle qu'il trouve « piquant », l'opposition de cette ancienne glace, un peu estompée, peuplée de fantômes charmants, d'ombres confuses de bergers et de bergères, et de ce cruel miroir moderne, haut et clair, reproduisant tout avec un éclat dur, froid, implacable, — le contraste enfin de ces deux Provences, l'une ardente et sensuelle, cynique et dure, l'autre amollie, raffinée, italienne déjà, vraie gueuse parfumée, « *parfumée* avec d'Urfé, *gueuse* avec Zola ».

Cet exercice ingénieux enchante, à n'en pas douter, l'esprit d'Edmond Rostand et si l'on sent assez qu'il connaît bien l'œuvre de Zola, (son Flambeau d'ailleurs ne dédaignera pas le mot populaire et parfois le mot cru), mais qu'il l'aime assez peu, tout en lui rendant beaucoup mieux justice que les gens de son monde vers 1887 n'avaient coutume de le faire, par contre on sent qu'il adore parler d'Honoré d'Urfé, comme sans doute il a pris plaisir à le lire, « à la Bibliothèque de Marseille, dans l'édition de Toussaint de Bray, qui date de 1610 », nous dit-il.

On devra y songer, toutes les fois qu'on voudra parler de *Cyrano* : à dix-huit ans Edmond Rostand a lu Honoré d'Urfé. Combien de gens de lettres, d'universitaires, de spécialistes même peuvent-ils se vanter d'en avoir fait autant ? Il a lu l'*Astrée*, non point par simple devoir de postulant consciencieux d'un prix académique, mais avec plaisir, on le sent à la façon dont il en parle, en soulignant d'un doigt complaisant les bons endroits. Et n'avoir éprouvé à cette lecture aucun ennui, si cela est normal au XVIIe siècle, à la fin du XIXe siècle cela est beaucoup plus rare et situe tout de suite un tempérament.

*
**

Extraire donc ces premières pages d'Edmond Rostand des quelques rares bibliothèques provençales où elles étaient enfouies, sans que nul s'inquiétât de les relire, ce n'est point simple curiosité de bibliophile. Il y fallait ce bibliophile; grâces en soient rendues à M. Auguste Rondel, qui, depuis des années, collectionne avec un soin pieux tout ce qui peut éclairer l'histoire du théâtre; je dois à sa complaisance d'avoir lu, à quelques pas de la maison où naquit Edmond Rostand, cette brochure, où l'esprit du poète est né à la lumière de l'édition; et tous les lettrés lui devront, maintenant, tout comme moi, de pouvoir les lire.

Mais ce n'est pas, je l'ai dit, simple curiosité; à nous pencher sur de telles pages, nous surprenons à sa source même le génie d'Edmond Rostand. C'est dans un jardin de Provence, qui serait un peu semblable à ceux de l'*Astrée*, le premier murmure d'une fontaine où viendraient se mirer de jeunes romanesques; c'est le clair de lune sur les quais de Tripoli, ou sur le balcon de Roxane; c'est, dans le parc de Schœnbrünn, la fuite en pleurs de « la petite source ». Voici, en raccourci, soumises dès 1887 au jugement de l'Académie de Marseille, toutes ces brillantes qualités, qui, dans un soir de décembre 1897, vont éblouir Paris, la fantaisie joyeuse et déjà par instants étincelante, le goût du subtil, du rare, du précieux, la sentimentalité tendre, un peu d'ironie juvénile, sans insolence ni méchanceté, un joli cliquetis de phrases et de mots. Voici surtout l'évocation de toute cette charmante société du XVIIe siècle à son début, telle que l'ont faite l'*Astrée* et l'Hôtel de Rambouillet, le monde délicieux qui, dix ans après, entrera dans la figuration de *Cyrano* ou sera évoqué dans *La Journée d'une Précieuse*. Voici enfin ce grand amour de la lumière qui depuis les *Musardises* baigne l'âme de ce charmant *lazzarone* et la soulèvera jusqu'à la faire éclater, ouverte et chantante, dans les appels passionnés de Chantecler à la lumière.

Oui, très jeune, ce poète est déjà lui-même, et de là vient que, s'étant trouvé ainsi dès l'aube de sa vie il s'est imposé au public dès son aurore. On conserve dans sa famille un portrait de son enfance, dû à un peintre marseillais, où déjà les traits essentiels de sa physionomie sont dessinés. De même sa physionomie intellectuelle ; à dix-huit ans il est déjà ce qu'il sera plus tard ; dans cette œuvre de jeunesse, — et c'est son intérêt, — reconnaissons déjà une sorte de poème subtil et lumineux.

Tel quel cet essai obtient en 1887 le prix du maréchal de Villars. J'imagine les Académiciens de Marseille se penchant sur ce travail, un peu inquiets peut-être de certains tours paradoxaux de pensée et de style, mais agréablement impressionnés tout de même par les grâces charmantes de l'ensemble ; je les vois félicitant avec une cordialité toute marseillaise M. Eugène Rostand, qui accepte avec une satisfaction modeste ces félicitations, dont le murmure flatteur salue le premier succès de son fils. Il veut prolonger ce succès : ce travail ne doit pas rester dans l'ombre d'une Académie ; il le publie dans le *Journal de Marseille*, et, profitant de sa composition typographique, il en fait une brochure, qui paraît en 1888 ; tel est le vrai début d'Edmond Rostand dans le monde littéraire ; deux ans plus tard ce nom devait reparaître en tête d'un volume de vers, publié par l'éditeur Lemerre, et qui s'appelait *Les Musardises* ; cinq ans plus tard sur la verte brochure, que l'on vendait dans les couloirs du Théâtre-Français aux représentations des *Romanesques*.

Il n'y a pas, on le voit, de solution de continuité ; si le début d'Edmond Rostand, à le juger par sa forme extérieure, n'a aucun rapport, nous l'avons dit au début, avec le genre qui a fait sa gloire, cependant ne nous laissons point tromper par les apparences et, plus exactement renseignés maintenant, saluons dans le jeune lauréat de l'Académie de Marseille le futur auteur de *Cyrano* et de *Chantecler*. S'il est vrai, comme il l'a dit lui-même, que « l'âme des coutelas rêve dans les canifs » et qu'il ne faut pas prendre « des essais pour des diminutifs », soyons assurés que ce n'est pas diminuer le génie d'Edmond Rostand que de publier cet essai, où l'on entend déjà vibrer les accents les plus intimes de son âme et de sa poésie.

Émile RIPERT.

DEUX ROMANCIERS DE PROVENCE
HONORÉ D'URFÉ ET ÉMILE ZOLA

LE ROMAN SENTIMENTAL ET LE ROMAN NATURALISTE

> « N'allons pas surfaire l'ancien roman, ni le sacrifier. Et pourquoi s'obstiner absolument à donner le prix, à chercher un vainqueur et un vaincu ? Il n'y en a pas, ou plutôt je ne vois que deux vainqueurs : chacun des deux, vu à son heure, a sa couronne. »
>
> (SAINTE-BEUVE. *Nouveaux lundis.*)

Il semble que nulle part le Roman ne doive être plus en faveur qu'au pays de l'imagination toute-puissante, en cette Provence amoureuse de l'Amour (c'est chez elle qu'il a tenu des cours célèbres), et qui aime tout ce qui en parle, où jadis, dans les manoirs seigneuriaux, on attendait impatiemment la venue, chaque nouvel an, avec la saison des violettes, du troubadour, — ce romancier voyageur...

Là, près de la mer chantante, sous le ciel bleu, dans l'air parfumé, tout est Roman. Et ce qui ne l'est pas le devient. Car l'imagination des Provençaux est comme leur soleil, ce soleil dont la lumière chaude transfigure et fait resplendir. La couleur éclate partout où il pose sa caresse ; d'une vieille rue grimpant dans un quartier sale, d'un groupe déguenillé, il fait quelque chose de pittoresque et de saisissant. Demandez à tous les peintres : d'un rien on fait un tableau avec ce soleil ! Et avec cette imagination, qui n'a qu'à rayonner comme lui pour que tout se dore et se poétise, — il n'en faut pas beaucoup non plus pour faire un roman.

A-t-on noté comme en Provence le

moindre incident de la vie banale, une anecdote insignifiante, triviale, se transforme et
se dramatise? Et cela, grâce à cette facilité
de conter — peut-être aussi un peu d'en
conter — que presque tous possèdent, à
cette verve, à cet enthousiasme dans le récit
qui le font vif, coloré, entraînant, l'enrichissent de détails point authentiques toujours,
mais choisis à merveille, propres à faire
voir, si naturels qu'ils donneraient de la
vraisemblance à la vérité même, qui peut
en manquer. Il faudrait être bien ennemi de
son plaisir pour reprocher une pointe d'exagération méridionale, — si inconsciente
d'ailleurs, — et ne pas admirer l'art surprenant de mettre en scène, de camper les
personnages, d'engager le dialogue. On ne
peut s'étonner vraiment qu'il y ait eu beaucoup de romanciers en Provence... Mais
chez nous, tout le monde l'est plus ou
moins, romancier!...

Si on demandait la liste des romanciers

provençaux, peu de gens, après avoir cité les plus connus, les deux Méry, Léon Gozlan, Pontmartin, Louis Reybaud, Mme Reybaud, Amédée Achard, Alphonse Daudet, oublieraient de terminer par le nom d'Émile Zola... Combien songeraient à commencer par celui d'Honoré d'Urfé ?

Et pourtant il faut bien consentir à ce que nos romanciers — non seulement les nôtres, mais tous ceux de la France, — descendent de lui. Après tout, ces jolis bergers qui errent, dolents, sous les ombrages du Forest, nous devons les regarder comme les frères aînés des héros de roman d'aujourd'hui, quoiqu'on ait peine à reconnaître la parenté.

On les peignait, autrefois, avec des couleurs discrètes, dans des teintes assourdies, amoureux plutôt que passionnés, tendres pasteurs d'une mélancolie virgilienne et très douce, sans rien de troublé ni de malsain, qui toujours conservent les grâces naïves, le

visage frais et rose des Amours folâtrant à
la première page, autour d'une vieille
estampe. On les montre aujourd'hui sous
une lumière crue, pâles et flétris le plus souvent, ayant des emportements de passion
cynique ou des tristesses maladives, —
moins enrubannés et plus vrais, à ce qu'on
prétend. Mais un lien subsiste toujours. Et
Céladon commence la série des soupirants
sympathiques ; il est l'éternel jeune premier,
qui devrait commencer à devenir vieux, mais
qui va se métamorphosant selon le temps
et les mœurs, suivant les modes. Jadis il
levait les yeux au ciel, et avec de grands
gestes parlait de *rochers de cruauté*, invo-
quait le dieu malin Cupidon, — et sa tirade
se prolongeait interminablement, pleine d'allusions mythologiques. Aujourd'hui cette
manière de faire sa cour prêterait à rire, et il
a adopté la nouvelle, prenant des poses plus
simples, mais non moins étudiées, sur les
canapés et les poufs de peluche, accoudé au

dossier du fauteuil, glissant un mot derrière l'éventail... Mais c'est toujours Céladon !

Sans doute il faut se garder d'aller trop
loin, et de vouloir découvrir des rapports
étroits entre le vieux roman sentimental et
le roman nouveau. Mais les étudier l'un en
face de l'autre, indiquer même avec discrétion un parallèle, ne serait-il pas piquant ?

J'aurais devant moi deux toiles de maîtres
différents, très éloignés l'un de l'autre, par
exemple un Boucher et un de Nittis... Un
peintre aurait beau me dire : « Cela n'a
aucun rapport, — Boucher, l'artiste délicat,
fade, et Nittis, le maître impressionniste, ne
comparez donc pas ! » Je comparerais... ou
plutôt, non, comparer n'est pas le terme
exact, — je voudrais voir simplement ce que
fait naître dans mon esprit cette rencontre,
jouir du rapprochement, noter ce qu'il peut
éveiller d'idées, ouvrir de points de vue,
analyser tout ce que me fait éprouver de

curieux le sentiment d'avoir là, à ma droite, l'impression du XVIIIe siècle, et là, à ma gauche, celle du XIXe...

C'est pour cela que dans la liste des romanciers de Provence il paraît bien intéressant de considérer le premier et le dernier, Honoré d'Urfé et Émile Zola. N'est-ce pas plein d'attrait et de nouveauté de parler de l'un à propos de l'autre, de l'*Astrée* et de l'*Assommoir*, et de la série de l'*Astrée* à propos de celle des *Rougon-Macquart* ?...

D'Urfé et Zola ! Dans le contraste de ces deux noms, le génie de la Provence se révèle, plein d'âpreté et de violence, et aussi de délicatesse. Elle est le pays des amours ardentes et sensuelles, comme aussi celui des tendresses pures et platoniques, qui garde le souvenir d'un Pétrarque et d'une Laure de Noves. Il y a la Provence sauvage, fille aux cheveux fauves plantés drus sur une nuque puissante, brunie au soleil, superbe de santé, de sève débordante, aimant une langue forte et vraie, mais dure souvent et cynique... Et il y a aussi une femme d'une grâce amollie et presque énervée, raffinée de goûts, italienne dans son amour des douceurs et des *concetti*, d'un parler musical et enjôleur, ayant préféré à l'odeur simple et saine de ses lavandes les parfums quintessenciés et musqués... Et le mot célèbre nous revient en mémoire : la Provence nous apparaît bien ici comme la *gueuse parfumée*, parfumée avec d'Urfé, gueuse avec Zola !

I

On nous pardonnera sans doute une comparaison un peu subtile en songeant que ce
n'est point impunément tout à fait, sans y
gagner quelque recherche et quelque précio-
sité, qu'on lit l'*Astrée* d'Honoré d'Urfé. —
Supposons qu'une très ancienne glace ait
par miracle conservé l'image de tout ce
qu'elle a reflété, que les profondeurs mysté-
rieuses et endormies du vieux miroir se
peuplent de fantômes charmants, d'ombres
confuses de bergers et de bergères qui passent,
entrelacés, couples touchants et fanés, d'un
ridicule attendrissant ; et dans le cadre dédo-
ré nous voyons saluer et sourire, avec des
grâces vieillies, la société d'autrefois. Celle
d'aujourd'hui nous apparaîtrait en face, repro-
duite dans une glace moderne, haute et
claire. Il est bien évident que s'il s'agissait

de comparer les deux glaces, nous serions amenés à comparer ce qu'elles reflètent, les deux sociétés. Nous parlerons donc de la société d'Honoré d'Urfé et de celle d'Émile Zola. Et nous pourrons ensuite nous occuper des miroirs, que l'on ne fait certes plus, aujourd'hui comme autrefois, courtisans et menteurs, prêtant des charmes, de la poésie, reflétant en beau, mais cruellement fidèles, reproduisant tout, avec un éclat dur, froid, implacable ; et il en est même quelquefois auxquels on reprocherait presque d'enlaidir.

C'est bien avant 1616, quoi qu'on en ait dit, que parurent les deux premiers volumes de l'*Astrée* ; la Bibliothèque de Marseille possède l'édition de Toussaint de Bray qui porte la date de 1610 : c'est vers 1608 que d'Urfé en dédiait à Henri IV la première partie.

Henri IV venait de rendre la paix à la France, et celle-ci, délivrée enfin des angoisses horribles de la guerre civile, respirait librement. C'était, comme après toutes les guerres meurtrières, ce brusque réveil des Amours dont a parlé le poète, des Amours qui vont refaire le sang tari. La nature prend sa revanche, et les campagnes dévastées, les champs foulés par les charges impétueuses reverdissent. C'est le grand renouveau : le mot « Je t'aime » paraissait avoir été oublié: mais voilà que les amants se le murmurent encore, lèvre à lèvre...

> Parmi tant d'isolés qui pleurent
> Ils se sentent mieux réunis...
> Ils se blottissent mieux ensemble
> Après tant de jours alarmants ;
> Le retour du baiser leur semble
> Plus doux que ses commencements.

Et la France entière est amoureuse. Tout le monde est gagné de mollesse. Le Béarnais donne l'exemple des galanteries. Bientôt ce n'est plus seulement un besoin de tendresse qui se fait sentir, c'est aussi un besoin de volupté. Chacun, avide de jouir, semble

avoir pris pour règle de conduite la devise
rabelaisienne : vivons joyeux! Les croyances
depuis longtemps sont ébranlées, et la morale achève de se relâcher.

Il est à craindre maintenant que cette société ne se rue aux plaisirs avec trop d'em-
portement, qu'elle ne se souvienne des
leçons dégradantes de vice données par la
cour des derniers Valois. On prévoit déjà
la perte de toute décence, de toute pudeur...
Mais voilà que cette effervescence paraît se
calmer. L'Amour ne se ressent pas aussi longtemps qu'on l'aurait pu craindre des habitudes soldatesques prises dans les dernières
années : ces farouches ligueurs qu'on s'attendait à voir aimer en reîtres, en lansquenets,
se changent en gentilshommes polis, raffi-
nés, parlant un langage tendre et gracieux,
facilement résignés au rôle de soupirants
platoniques.

Le vent des passions qui commençait à
souffler en tempête est tombé tout à coup :

ce n'est plus qu'une brise caressante et douce.
Il flotte une odeur de bergerie. On entend
le chalumeau soupirer un air pastoral. Dans
la folie amoureuse tous les freins n'ont pas
été brisés : ce n'est pas, de tous côtés, l'as-
souvissement bestial. Loin de là : on
aime avec mille délicatesses, avec mille
nuances ; on madrigalise à ravir, on emploie
les plus adroits artifices, les plus infinies pré-
cautions pour *déclarer sa flamme* ; jamais on
n'a mis tant de retenue dans l'expression d'un
sentiment. C'est à ce moment enfin qu'on
invente pour le parfait amour, le nom joli,
le nom discret et chaste d'*honneste amitié*.

A qui doit-on ce bienfait d'un voile poé-
tique et charmant jeté sur la brutalité des
passions ? Qui a accompli l'œuvre difficile
de cette réforme dans les mœurs ? C'est
Honoré d'Urfé, à n'en point douter. Mais il
est juste de dire qu'il fut aidé en cela par
l'hôtel de Rambouillet : son roman a été por-
té vers le succès à la faveur du courant créé
par la marquise et ses amis.

Tous ceux que blessait la grossièreté des mœurs, tous les délicats s'étaient réfugiés autour de Catherine d'Angennes, marquise de Rambouillet, qui fuyait, au fond de son hôtel, le spectacle d'une cour corrompue. Dès qu'une fois on avait été admis dans son intimité, on lui demeurait dévoué, on revenait sans cesse. On était irrésistiblement gagné par la séduction de cette créature exquise, d'un esprit cultivé, bonne, indulgente, nature affinée encore par la maladie, par la vie renfermée, qui fait se replier sur soi-même, penser, analyser. Dans cette société d'élite, les grands plaisirs étaient ceux d'une conversation à la fois sérieuse et enjouée, sur toutes sortes de sujets nobles et décents. C'est là que naquit cet art si essentiellement français de gaspiller l'esprit, de le mettre en monnaie courante, de l'éparpiller aux quatre coins d'un salon, avec une grâce désinvolte, comme si on en était trop riche, d'assaisonner les moindres paroles de cette

denrée si rare. C'est là qu'on apprit à le
mêler à tout ce qu'on dit, à le faire circuler
dans la conversation qu'il rend alerte et pim-
pante, dans laquelle il sautille de mot en mot
sans qu'on puisse le saisir au passage, qu'il
anime, invisible, sans qu'on puisse dire
derrière quelle métaphore, dans quel recoin
de phrase il s'est niché, sans qu'on puisse
le montrer du doigt à ceux qui ne l'ont point
aperçu, senti passer, l'expliquer à ceux qui
ne l'ont pas compris. En un mot, c'est là que
pour la première fois, on causa, que l'on fit
cercle autour des parleurs de profession,
« poètes de devant de cheminée ».

Dans ce milieu, grâce aux femmes qui y
fréquentent, le respect de la femme se conserve,
le bon ton continue de régner, et on l'exagère même, par esprit d'opposition. La politesse chaque jour se raffine, on en complète
le code. Et dans le demi-jour de la chambre
bleue d'Arthénice, de ce sanctuaire où flotte
le parfum discret de toutes les vertus mon-

daines, au milieu des jolies femmes et des fleurs dont aime à s'entourer la marquise, on parle d'amour dans un langage tout nouveau, qui a des pudeurs outrées, mais exquises ; chacun s'efforce, suivant un mot d'alors, d'*épurer sa flamme*, et l'on cherche en tout *le fin du fin*...

Puisque, décidément, pour cette société revenue à l'Amour, il paraissait la grande affaire, l'occupation unique, il était bon qu'on lui donnât de la dignité en l'exigeant dé-, pouillé de toute impureté, noble, fidèle, dévoué, sans mélange d'égoïsme, et qu'on l'érigeât presque en vertu ; il était bon qu'on s'occupât de l'analyser, de le quintessencier, que l'on consacrât du temps à l'étude de sa théorie, — autant de dérobé à sa pratique.

A ce beau monde délicat il fallait une lecture. Quel était l'ouvrage qu'on allait se passer de main en main, lire dans toutes les ruelles, discuter dans tous les *ronds* ?... Il a paru de tous temps de ces livres, autour

desquels, dès leur apparition, se fait un grand
remous de la curiosité, qui ont eu le bonheur d'arriver à propos pour saisir, pour dépeindre un état d'âme, dans lesquels toute
une société aime à se reconnaître, se reconnaît avec enthousiasme. Il est difficile, pour
ces romans, de dire s'ils ressemblent à la société qui fait leur succès comme le portrait
au modèle, ou comme le modèle au portrait, — si l'exactitude de leur psychologie
tient à ce que leurs héros pensent et sentent
comme l'on pensait et comme l'on sentait
alors, ou bien, simplement, à ce qu'il a été
de mode, à leur époque, de sentir et de penser comme ces héros.

De nos jours, par exemple, nous savons
que la jeunesse qui s'est reconnue dans le
désespéré de Gœthe s'est surtout façonnée
sur lui, et qu'il y a eu plus de Werthers après
qu'avant la publication du roman.

L'*Astrée* fut pour le xviie siècle ce livre
privilégié, copie et modèle tout à la fois. On

2

l'attendait vaguement. L'École des parfaits
amants avait besoin d'un manifeste. Il fallait à la jeunesse précieuse un héros sur qui
se régler, le Céladon dont elle allait pouvoir
imiter les manières de parler, sur les amours
de qui elle pourrait arranger les siennes.

Pour plaire à ce public, le roman avait à
réunir des qualités bien diverses.

Tout d'abord à ces gens sortant de la période agitée des guerres civiles plairait l'éloge
de la vie tranquille, oisive, la peinture des
bonheurs de la paix, de la vie des champs : la
note devait être doucement attendrie ; on
allait aimer à voir des pâtres conduisant leurs
troupeaux, chantant comme Tityre à l'ombre
des hêtres, disputant de leurs belles. Comme
on s'adressait à des blasés, à des esprits déjà
compliqués, il fallait se garder de faire une
trop candide pastorale, une paysannerie trop
vraie : le tableau devrait être artificiel, avoir
la simplicité de convention des époques de
décadence ; des amours de village, simple-

ment contées, n'auraient point intéressé. Il
fallait que les personnages eussent toutes les
qualités de *l'honnête homme,* assez d'esprit
pour discuter les problèmes de métaphysique
amoureuse qui intéressaient alors. Il fallait
que ces bergers fussent les « sophistes poin-
tilleux » que Fontenelle a critiqués, et qu'on
pût dire d'eux ce que la bergère de d'Urfé dit
de ses parents : qu'ils n'ont point pris la houlette « pour n'avoir de quoi vivre autrement,
mais pour s'acheter par cette douce vie un
honnête repos ». Il fallait enfin, aux lecteurs
d'alors, de cette sensiblerie de bon goût, de ce
champêtre raffiné, de toutes ces fadeurs jolies.
Après les Saint-Barthélemy, et les coups
d'arquebuse dans les rues, et les égorge-
ments impitoyables, par ce besoin de réaction
bien gaulois qui rejette à l'extrême de siècle
en siècle nos mœurs, nos idées, nos goûts,
on voulait de la bergerie, de l'Amaryllis de
bon ton, le tout aimable, parfumé, fleurant
bon... De ces désirs, de ces besoins naquit

l'*Astrée*, qui leur donna satisfaction et élan. On ne saurait trop insister sur l'importance prêtée par l'époque à une œuvre qui la personnifiait : notre histoire littéraire compte de ces identifications, mais point de plus étroite, de plus solennellement proclamée par le goût public, par les milieux et les cercles qui donnaient le ton et faisaient la mode.

L'*Astrée* fut exactement ce qu'on attendait, ce qu'il fallait pour intéresser. On voulait du sincère, du délicat ; d'Urfé sut en mettre partout. Aussi, me paraît-il se faire quelque illusion, lorsqu'il dit à Céladon, dans la lettre qu'il lui adresse en préface d'un de ses volumes : « Aimer comme toi, c'est aimer à la vieille gauloise, comme faisaient les chevaliers de la Table Ronde, ou le beau Ténébreux. » A la vieille gauloise ! le mot est charmant ; il exprime à ravir « ce train d'amour qui allait », comme dit Marot dans son gentil rondel, si simplement, si naïvement « au bon vieux temps »... Mais Céladon aime beaucoup plutôt à l'italienne ; j'allais écrire à la provençale ; c'est un raffiné, un littérateur en amour, il a lu Pétrarque et s'en souvient dans les sonnets qu'il adresse à sa belle. Il est de l'école de Ronsard, nourrie de l'antiquité classique ; il n'a pas cependant l'allure trop raide de celui-ci, et je reconnais souvent dans ce qu'il dit, n'en déplaise à certains auteurs, les grâces maniérées, les *épiceries* que la *Pléiade* reprochait à l'école des Melin de Saint-Gelais et autres poétereaux de cour. Le livre se ressent du séjour prolongé de son auteur en Italie. Il serait difficile de noter toutes les imitations qu'a faites d'Urfé ; elles servirent certainement au succès du roman, furent très goûtées des lettrés, qui savourèrent avec délices ce plaisir de reconnaître çà et là des fragments de leurs auteurs. Les prêtres apprécient pour cela particulièrement l'*Astrée*[a]. Théocrite et Virgile sont mis à contribution ;

Marini a fourni des *concetti* ; l'*Aminte* du Tasse et le *Pastor fido* se retrouvent par fragments. D'Urfé s'est servi aussi de la *Filli di Seiri* de Guidubaldo Bonarelli, de l'*Arcadie* de Sannazar, et enfin de toute la poésie de Montemayor. La fameuse Diane de Montemayor a été pour lui le modèle qu'il a réussi à dépasser.

Dès son apparition, le roman eut donc un succès éclatant, qui durant tout le xviie siècle ne se démentit pas. Les romans de chevalerie avaient fini leur temps : on n'en pouvait plus comprendre le charme naïf, la poésie très simple. On délaissait les insipides récits d'Ollenix du Mont-Sacré, et ce n'était plus qu'en bâillant, faute de mieux, qu'on lisait les *Bergeries de Juliette*, les *Amours de Cléandre et de Domiphille*. Dans ces compilations, le style était absurde, l'intérêt n'existait pas. On acclama le premier roman qui eût un réel mérite littéraire, qui valût non seulement par le style, mais par l'art de la narration, l'ordre, la régularité.

Ceux qui entreprennent de lire l'*Astrée*
aujourd'hui sont rares ; cet ouvrage a eu
pourtant des admirateurs, récemment encore. Jules Janin le disait à un Marseillais
lettré [1] : il faisait de ce roman une de ses
lectures préférées. On est découragé par la
longueur, la diffusion. Aussi peut-on s'étonner que nous louions l'ordre et la régularité
du développement. Sans doute le récit des
amours d'Astrée et de Céladon s'embarrasse
de mille autres récits, et l'auteur semble avoir
cherché à rendre l'œuvre touffue. Ce roman
dans lequel se serrent, s'entassent tant
d'autres petits romans, nous paraît indigeste.
Mais il faut avoir essayé de lire les romans
qui précédèrent l'*Astrée* pour comprendre
combien cette narration, qui nous paraît si
embrouillée aujourd'hui, était simple, relativement. Un ordre très grand règne dans
cette diffusion apparente ; tout cela s'enche-
vêtre avec art. La netteté subsiste, grâce à

1. M. Tollon, de qui je tiens le renseignement [b].

la disposition même adoptée par d'Urfé qui va régulièrement à la ligne lorsqu'il commence une histoire en dehors de l'action, et annonce, tout naïvement : *Histoire d'Alcippe...* *Histoire de Sylvandre.*

Il faut surtout saisir ce fait qu'à l'époque de l'*Astrée* on demandait seulement ceci : avoir beaucoup à lire. On ne lisait point, comme aujourd'hui, sans préférences, sans méthode, avec une envie dévorante de tout voir, de tout connaître, des appétits de curiosité jamais satisfaits. L'heure n'était pas venue encore du journal, du feuilleton, ces miettes du repas substantiel auquel s'attablaient nos pères. La vie de cour et de salon avait de calmes et longs loisirs ; on ne lisait point hâtivement, avec la crainte toujours de n'avoir pas le temps. Une lecture suffisait pourvu qu'elle durât, qu'elle pût occuper les veillées, être reprise à tous les intermèdes d'une existence que n'activait même pas l'é-motion guerrière. Il ne fallait point non plus l'angoisse poignante, la passion qui assombrit le roman moderne. On voulait un récit qui ne fût pas un drame trop vivement conté, obligeant à lire d'un trait, mais quelque chose d'un intérêt continu, un livre que l'on pût feuilleter sans précipitation, sans l'anxiété qui fait courir à la dernière page, qui eût mille petits dénoûments secondaires, permettant de s'arrêter ici et là, sans que la curiosité trop excitée en souffrît. Et c'est comme cela qu'on s'explique le succès de ce long, compendieux roman de l'*Astrée*, avec ses cinq énormes volumes.

On voulait aussi qu'un livre pût être discuté, qu'il servît de thème aux conversations. Après avoir lu quelques pages, on allait en parler dans une ruelle. Et l'on discutait sur un de ces cas curieux de psychologie amoureuse que d'Urfé, continuellement, soumet à son lecteur.

Cette psychologie, qui, sans être très profonde, ne manque pas de subtilité, séduisait alors beaucoup. Et l'on raffolait de certaines petites analyses de sentiments, telles que celles-ci. La bergère Astrée pleure la perte de Céladon qui s'est allé jeter dans les eaux du tranquille Lignon, devenu pour la circonstance un torrent impétueux. Toutefois elle n'est pas fâchée qu'il lui ait donné cette preuve d'amour, et, bien femme, elle a un sourire de satisfaction au milieu de ses larmes... « Elle recevait un déplaisir extrême de la mort de Céladon, et toutefois elle n'était point sans quelque contentement au milieu de tant d'ennuis, connaissant que véritable-, ment il ne lui avait point été infidèle. »

Astrée a fait semblant d'aimer Lycidas ; une bergère lui dit très justement : « A quoi nous servait, pour cacher ce que vraiment nous aimions, de faire croire un amour qui n'était pas... puisque vous deviez bien autant craindre que l'on crût que vous voulussiez du bien à Lycidas comme à Céladon ? — Ma sœur, ma sœur, répliqua Astrée, lui frappant de la main sur l'épaule, nous ne craignons guère qu'on pense de nous ce qui n'est pas, et au contraire le moindre soupçon de ce qui est vrai ne nous laisse aucun repos. »

On se pâmait sur ces mille menues observations du cœur humain :

« Et quoiqu'elle reconnût que vraiment c'était lui, se disputait-elle le contraire en son âme, suivant la coutume des personnes qui veulent toujours fortifier comme que ce soit leur opinion. »

Enfin on était ravi de retrouver des discussions très subtiles, des duos d'amour tels qu'on en entendait à l'hôtel de Rambouillet, tels que celui que nous transcrivons d'Alcippe et d'Amaryllis :

« Je n'eusse jamais cru avoir si peu de
« force que de ne pouvoir résister aux coups
« d'un ennemi qui me blesse sans y pen
« ser... » Elle lui répondit : « Celui qui blesse
« par mégarde ne doit pas avoir le nom

« d'ennemi. — Non pas, répondit-il, ceux
« qui ne s'arrêtent pas aux effets, mais aux
« causes seulement... Quant à moi, je trouve
« que celui qui offense comme que ce soit
« est ennemi, et c'est pourquoi je vous puis
« bien donner ce nom. »

Le dialogue, engagé sur ce ton-là, ne s'ar-
rêtera plus. Mais on ne s'en impatientait pas,
et l'on trouvait agréables des compliments
dans le goût de celui-ci : « C'est de votre
glace que procède ma chaleur, et de ma chaleur votre glace. »

A ce moment, on avait aussi la rage des
petits vers : M. de Montausier lui-même,
comme on l'a fait remarquer, était plus capable
de faire les vers d'Oronte que de les juger
dignes du cabinet. Tout honnête homme se
piquait d'un peu de littérature, et après s'être
fait convenablement prier, se levait pour
dire, en se dandinant d'un air satisfait :
« Sonnet... c'est un sonnet ! » Les petits abbés
ne venaient point en visite sans rimer

quelque impromptu, déclamer quelque madrigal, en s'écriant :

Et c'est dans votre cour que j'en viens d'accoucher !

Les vers de d'Urfé servirent au succès de l'*Astrée*. Il sema tout son roman de petites pièces écrites dans le goût du temps. Il ferait beau voir que l'on puisse être amoureux sans rimer !... Et ces bergers, dès qu'ils ont un chagrin ou une joie, vite vont l'écrire sur l'écorce d'un arbre, en vers. Il fallait par-ci par-là, des madrigaux : d'Urfé ne prend guère la peine de les amener ; il sait qu'après quelques pages de prose on attend un peu de poésie, et tout bonnement, il arrête le récit pour dire :

« Et sur ce sujet, un jour qu'il fut prié de chanter, il dit de tels vers... »

Ou bien :

« Après qu'ils furent séparés, Alcippe grava de tels vers sur un arbre... »

La plupart de ces vers sont déplorables, il

faut le dire. Mais dans le nombre on en peut
noter quelques-uns de jolis. En voici quatre
que nous citons pour leur coupe toute moderne, un je ne sais quoi qui rappelle les
vers de M. Sully Prudhomme :

> Quoique l'Espérance soit morte,
> Désir, pourtant tu ne meurs pas !
>
> . . . .
> Le désir me demeure en l'âme,
> Bien que l'espoir en soit ôté...

Par toutes ces fadeurs, par tout cet artificiel, le roman devait plaire. Chacun alla
habiter en imagination ce pays de Forest
qui, tel que d'Urfé le dépeignait, paraissait
si bien fait pour des gens frivolement amoureux, avec son paysage de décors, joli et frais,
comme peint, et ses grands arbres dont les
troncs noueux se couvrent d'inscriptions
rimées, de chiffres entrelacés, et ces fontaines,
ces grottes merveilleuses, ces apparitions de
nymphes dans le feuillage... O le ravissant
pays ! n'est-ce pas le pays du Tendre lui-

même ? La nature y est complice, *truquée*, comme nous dirions aujourd'hui : un petit bois s'offre toutes les fois qu'on en a besoin ; sous les pas des couples enlacés le sol se feutre d'un gazon épais ; le soleil se couche à propos, la lune éclaire au bon moment, des rochers tapissés de mousse prêtent pour s'asseoir à deux une place engageante ; et les vieux arbres sont creux, pour servir de boîte aux lettres...

Ce petit coin délicieux où tout, par une divinité invisible, a été arrangé pour qu'on s'y aime à l'aise, devait paraître un paradis à cette société qui subordonnait tout à l'amour. Car on était alors parfait amant, et rien de plus ; tout autre sentiment que celui d'*honneste amitié* était étouffé. A tel point que lorsqu'Astrée perdit ses parents, « ce ne fut pour elle un faible soulagement, pouvant plaindre la perte de Céladon sous la couverture de celle de son père et de sa mère ». Le petit calcul de la tendre bergère n'est-il pas du dernier touchant ? Et d'Urfé nous conte cela naïvement, sans y rien voir de mal. Il semble, d'après ces deux lignes négligemment jetées, que les liens de famille au xviie siècle n'étaient pas très resserrés.

Comme dernier élément de succès, notons les allusions contemporaines. Mais il faut se garder de voir dans l'*Astrée* un roman à clef. On a voulu tout expliquer ; cela paraît absurde. Ce qui est vrai, c'est qu'Henri IV est représenté sous les traits d'Euric, roi des Wisigoths, Bellegarde sous ceux d'Alcidon ; la belle Daphnide n'est autre que Gabrielle d'Estrées.

Si après avoir expliqué le succès de l'*Astrée* nous voulons le constater, cela nous est facile dans tous les écrivains du temps. Ce fut un des seuls romans qui, devant le clergé lui-même, trouvaient grâce. Pierre de Camus, évêque de Belley, adorait d'Urfé. François de Sales lui-même en fut l'admirateur. L'*Histoire littéraire des Bénédictins* dit qu'Honoré d'Urfé tira les romans de la barbarie dans laquelle ils avaient végété jusqu'alors. Les esprits les plus graves furent séduits : Honoré d'Urfé exerce sur toute la littérature classique une grande influence. Patru savait par cœur trois volumes de l'*Astrée*, et La Fontaine en faisait ses délices, malgré sa peur des grands ouvrages. Il a dit de d'Urfé :

> Étant petit garçon, je lisais son roman,
> Et je le lis encore, ayant la barbe grise.

Boileau en a fait un bel éloge : « d'Urfé a soutenu, dit-il, l'intérêt de sa longue pastorale par une narration également vive et fleurie, par des fictions très ingénieuses et par des caractères aussi finement imaginés qu'agréablement variés et bien suivis. »

Longtemps après l'apparition du livre, la vogue de l'*Astrée* était extraordinaire dans les salons, dans le monde. Un honnête homme est tenu de savoir son *Astrée* : on peut le questionner. Et même cela devient un passe-temps, un jeu de société : « Chez l'abbé de Gondy on se divertissait entre autres choses à s'écrire des questions sur l'*Astrée*, et qui ne répondait pas bien payait pour chaque faute une paire de gants de frangipane... » Il ne fallait pas se tromper sur les aventures de Céladon et de Sylvandre ; on devait, pour être du bel air, en connaître tous les détails. Ce genre de succès, très mondain, restreint dans les limites des salons, ressemble peu à celui qu'obtiennent aujourd'hui les romans d'Émile Zola. Voit-on, dans une réunion élégante, au thé de cinq heures d'une mondaine, ces dames se distraire à poser des questions sur les aventures de Gervaise ou de Coupeau ?...

Ce succès ne fut pas seulement français. Il s'étendit dans toute l'Europe. Honoré d'Urfé reçut, vers 1624, une lettre fort curieuse, adressée par 29 princes ou princesses, 19 grands seigneurs ou dames d'Allemagne, qui ayant pris les noms des personnages de l'*Astrée* avaient formé l'Académie des vrais amants, une réunion pastorale à l'imitation de celles du roman. Datée du « carrefour de Mercure », elle le suppliait de prendre pour lui le nom de Céladon.

L'*Astrée* a rendu à la langue française un grand service en la tirant du pathos. Car les périodes trop fleuries, les expressions prétentieuses, n'empêchent pas le style d'être coulant, vif, aisé, même par moments ingénu, simple, et d'une grâce facile. C'est de la véritable prose française. La phrase se balance harmonieusement sans être trop longue. On a souvent cité le début, cette jolie description du pays du Forest et du Lignon. En mille endroits, le style est délicieux, d'une pureté parfaite. On a dit que d'Urfé avait préparé la langue dont allaient se servir les maîtres, la langue pure et élégante de Racine ; et cela ne semble pas exagéré.

Mais l'œuvre de d'Urfé, celle dont il faut
le plus lui être reconnaissant, est celle qu'il
a accomplie avec l'hôtel de Rambouillet.
L'influence que son roman a exercée sur les
mœurs est incontestable ; cette société polie,
raffinée du XVIIe siècle, que nous admirons,
a copié l'*Astrée*. C'est à d'Urfé qu'on est
redevable de toutes les élégances de sentir et
de penser du siècle de Racine. C'est grâce à
lui que l'on vit à Paris, au Louvre, à Chan-
tilly, à l'hôtel de Soissons, s'ouvrir de véritables cours d'amour; la société déjà mise en
goût de vertu par l'exemple de la marquise
de Rambouillet acheva de se convertir à
l'amour honnête qui lui paraissait si sédui-
sant et prit de belles leçons de morale en
écoutant la parole grave du druide Adamas
qui, dans l'*Astrée*, fait toujours entendre la
voix de la raison et de la vertu tolérante.

Allons chercher dans M. Zola lui-même
une expression qui peint bien ce que fit
d'Urfé : « il planta les petites fleurs bleues

de l'idéal dans la brutalité des désirs. » Et qui sait ? peut-être est-ce grâce à lui qu'Henri IV, le roi joyeux viveur, peu délicat en fait d'amour, eut sa petite fleur bleue, lui aussi ! Il aima une fois platoniquement, le libertin Béarnais ; il conçut un pur amour, une respectueuse adoration pour la charmante Mme de Guercheville qui sut, avec une fermeté douce, le repousser. Et pourquoi ne pas reconnaître l'influence de l'*Astrée*, lorsqu'il lui écrit, à la veille d'une bataille : « Si je meurs, bien vous puis-je assurer que ma pénultième pensée sera à vous, et ma dernière à Dieu, auquel je vous recommande, et moi aussi... » ?

II

Peindre la société qui lut l'*Astrée* — société d'élite cantonnée dans quelques salons, dont rien ne vit plus, placée maintenant au vrai point de vue pour l'observateur que n'agitent plus les passions, qui ne cherche plus à défendre les thèses du moment, — est en somme chose aisée. Mais donner la physionomie de l'heure présente, de l'heure qui sonne pour une société démocratique étendue à l'infini, où tout se mêle, se confond, — paraît plus difficile. Ce n'est plus un petit coin qu'il faut montrer, la société n'est plus composée d'un seul groupe lettré et délicat, c'est tout un monde énorme qu'il faudrait étudier. Cela devient presque impossible.

Il importe cependant, après avoir replacé d'Urfé dans la société qu'il anime, de camper dans son siècle, dans son milieu, Émile

Zola. Ce sera l'étudier d'après ses principes
mêmes.

Quel changement apporté par deux siècles !
Un abîme profond s'est creusé, dont les
rives, maintenant lointaines, ne paraissent
pas avoir pu être autrefois réunies.

La poésie et ses banalités tendres, la galan-
terie exquise dont le nom lui-même a été
profané odieusement, toutes ces douces inu-
tilités dont le souci du positif, le goût du
pratique et du réel n'ont rien à faire, ont été
balayées. La place est nette; et le siècle dans
son orgueil, se pare de ces ruines croulantes;
il se glorifie de sa vieillesse; les décadences
n'ont jamais été portées avec une telle
fierté; les hontes s'avouent. Bien vieille en
effet cette société qui a tout vu, tout appris
sans s'instruire, qui a essayé et brisé tant
d'outils, qui se raille des enthousiasmes des
sociétés jeunes, à qui reste seulement le
culte de la matière, du tangible ! On ne se
laisse plus bercer par les contes bleus, par

les rêveries poétiques. On pense moins qu'on ne compte. Nous vivons sur une table de Pythagore, pour emprunter l'expression d'une héroïne de M. Dumas, un des contempteurs les plus âpres, les plus impitoyables de son siècle. On ne s'amuse pas, on jouit. Les goûts ont fait place aux besoins, les désirs vagues d'idéal, de bonheur vrai, aux appétits dont la brutalité s'affiche.

On est loin certes des rubans et des dentelles ; il n'y a plus d'élégance, ou du moins ce n'est qu'une élégance extérieure, superficielle (bien contestable d'ailleurs), qui masque à peine le fond de grossièreté, la parfaite inélégance dans les façons de sentir et de penser. La notion de l'amour a subi l'atteinte de cette dépravation générale, le culte chevaleresque est disparu, son rite ridiculisé !

Surprenez quelques-uns des madrigaux qu'adressent les jeunes hommes aux jeunes femmes d'aujourd'hui ; vous n'aurez certes pas à en admirer la discrétion, l'expression contenue : ils sont le plus souvent d'un cynisme à peine déguisé, et le désir s'y exprime plus que l'amour. Car on entre maintenant de plain-pied du monde où l'on ne respecte pas les femmes dans celui où on est obligé à des égards — on passe de l'un à l'autre si rapidement d'ordinaire qu'on n'a pas le temps toujours de changer d'habitudes, de langage. L'argot a envahi peu à peu les salons. Ne valait-il pas mieux la belle langue pure, un peu cérémonieuse, d'autrefois — ou même le jargon des précieux ?

Nous sommes dans une période de transition, comme toutes les périodes dites décadentes, malades de progrès, d'industrie, de science. Nous sommes dans un siècle de démolition ; « une poussière de plâtre emplit l'air, les décombres tombent avec fracas. » Plaise à Dieu qu'ils ne se trompent pas ceux qui ajoutent avec Zola : « Demain, l'édifice sera reconstruit » !

Nous vivons dans la fièvre : il nous faut des œuvres fiévreuses. Comme le dit le chef de l'école naturaliste, « nous nous plaisons à fouiller dans les plaies, à descendre toujours plus bas, avides de connaître le cadavre du cœur humain ». On ne veut plus vivre dans le convenu ; on repousse les banalités doucereuses du mensonge. Vaut-il pas mieux traiter cette société énervée par les « fortifiantes brutalités de la vérité ? »

Et alors on voit paraître des livres que nul n'aurait osé signer autrefois. Le lecteur, peu à peu habitué par les journaux qui racontent tout, finit par ne plus se choquer de rien. Et on s'accoutume si bien à la littérature malsaine que c'est, comme on l'a dit, le livre honnête que l'on cache et que l'on rougit de lire.

On se laisse entraîner par le courant, car cette littérature a sa grandeur, sa force. « Cela vous monte à la tête, comme un vin puissant ; on s'oublie à lire, mal à l'aise et goûtant des délices étranges. » La théorie artistique le proclame : peu importent l'hygiène, la santé morale — il faut du vrai, du vécu ; on veut retrouver un homme dans chaque œuvre, et l'on sait bien que l'homme a des bassesses. « Une œuvre d'art est un coin de la création vu à travers un tempérament. » Voilà la grande formule. Peu importe que ce tempérament soit plus ou moins ardent, plus ou moins libertin.

Zola, avec sa franchise qui ne recule devant rien, le dit bien haut, et presque toute l'époque le répète après lui : « J'aime les ragoûts littéraires fortement épicés, les œuvres de décadence où une sorte de sensibilité maladive remplace la santé plantureuse des époques classiques. Je suis de mon âge. »

Et malheureusement tous, nous sommes de notre âge : et qui sait même où nous irons, à force d'être de notre âge ?

La théorie de Zola est fort simple : point

de héros, des hommes. La vie doit être étalée, racontée telle qu'elle est, dans sa banalité comme dans ses brutalités. L'intrigue habilement nouée, le *deus, ex machinâ*, ces ressources de la scène, sont écartées ; c'est le journal quotidien, par doit et avoir, des faits. La nouvelle école, « lasse des héros et de leurs mensonges, s'est aperçue qu'elle n'avait qu'à se baisser, à déshabiller le premier passant venu, pour faire du terrible et du grand ». Oui ; mais le premier passant venu est souvent, presque toujours, l'être banal, commun, étranger à ce « terrible » et à ce « grand » qui attachaient et passionnaient dans le roman d'autrefois, ce roman relégué par les nouveaux venus dans l'armoire aux jouets cassés, aux amusettes d'enfants.

Émile Zola veut laisser dans le roman le moins de place possible à la création. « Le don de voir est moins commun que celui de créer. » Zola ne voit point le sophisme :

l'auteur qui crée a vu déjà ; l'étude de l'indi-
vidu et l'observation des détails lui sont
indispensables pour la conception du type
et de l'ensemble. Zola pousse à fond son
idée, ingénieusement suivie d'ailleurs. « De
même qu'autrefois on disait d'un romancier : il a de l'imagination, je demande qu'on
dise aujourd'hui : il a le sens du réel. »

Les romans seront ainsi de fortes pages
d'étude ; leur intérêt sera dans la nouveauté
des documents et l'exactitude des peintures.
Ils seront enfin le « procès-verbal humain »
que rêve la nouvelle école.

Le romancier que veut être Zola, il nous
l'a dit en deux lignes : « Celui qui a le sens
du réel, et qui exprime avec originalité la
nature en la faisant vivre de sa vie propre... »

Est-il arrivé à faire des tableaux aussi
vrais qu'il le prétend ? C'est ce que nous ne
croyons pas. Il l'avoue lui-même : le romancier, à notre époque, ne se dégage pas assez
du littérateur. Il reconnaît qu'on trouve trop

de plaisir à polir une phrase, à la faire harmonieuse, et qu'on a des recherches exagérées d'expressions. Il craint que bien des œuvres d'aujourd'hui ne soient que de « jolis joujoux » qui ne resteront pas. Il va jusqu'à regretter la belle prose simple du XVIIe siècle.

Et en effet, c'est là ce qui lui manque, à lui, presque toujours, presque partout, la simplicité. Il prétend en outre nous montrer la vie toute plate, toute banale, dans son désordre. Mais il n'y parvient pas toujours, car il y a une ordonnance souvent parfaite dans ses romans. Le dénouement romanesque n'existe pas si l'on veut; mais on voit que l'auteur, pour nous donner une image parfaite de la vie, va remettre les personnages dans la position où ils étaient au commencement, et nous montrer, la crise une fois passée, l'existence humaine reprenant son train bourgeois. Mais pour en arriver là il faut quelquefois déployer plus d'art que pour ménager un dénouement, et cet art peut se laisser sentir. On aboutit aussi à écarter trop l'imprévu, à faire notre vie trop banale. Nous savons tous qu'il se passe quelquefois des drames singuliers, compliqués, presque semblables à ceux qu'inventent les auteurs méprises par Zola.

Du reste, lui, si prosaïque, si brutal, qui crie contre le lyrisme, n'a-t-il pas souvent composé ses romans comme de véritables poèmes? Il y a chez lui une étrange, une vigoureuse poésie, qu'il dégage de la matière. Je ne parle pas de ses premiers romans, *Madeleine Férat* par exemple, où l'on noterait des tirades d'amour dignes du théâtre de Victor Hugo. Mais dans ses romans les mieux observés, ceux dans lesquels il ne s'est infiltré, comme il dit, aucun lyrisme, qui passent pour être d'une terrible brutalité, tels que la *Curée, Nana, Pot-Bouille*, etc... ; réussit-il à peindre avec une parfaite vérité? C'est encore contestable.

Qu'il le veuille ou non, il a exagéré le
mal. Ou pour mieux dire (car le mal existe
certainement, peut-être aussi horrible qu'il
nous le dépeint), il n'a rien vu de la partie
saine. On citera telle ou telle page, très ver-
tueuse, très honnête : mais on sait bien que
ce sont là des exceptions. Quand il a étudié
la bourgeoisie, les classes riches, il les a étudiées par les cours intérieures, par les com-
muns. Et le peuple, il l'a étudié par le mas-
troquet, par l'*Assommoir*. Dans sa maison de
Pot-Bouille, tous ses bourgeois sont des misé-
rables, et des abîmes de perversité se
creusent « derrière leurs belles portes d'aca-
jou verni ». Il y a peut-être dans tout l'hôtel
une famille honnête : il ne nous en dit rien,
il nous la montre seulement sortant en voi-
ture, et cela lui suffit, de nous l'avoir fait
admirer une fois, à travers les glaces du
coupé. Dans son *Assommoir*, tous ses
ouvriers sont des ivrognes, des dépravés.
Et s'il veut en peindre un honnête, rangé,

le bonhomme mal campé sur ses pieds est tout de suite ridicule, gauche : son *Gueule d'Or* prête à rire, avec ses sermons.

Il semble pourtant que la meilleure partie de son œuvre soit précisément cet *Assommoir* et tout ce qui ne prétend pas décrire le monde brillant, le monde riche. Car celui-là, Zola en donne la plus fausse idée : il le peint en homme qui en a toujours vécu éloigné ; il en décrit les luxes avec une véritable naïveté, parlant des intérieurs somptueux comme en doit parler un ouvrier socialiste qui n'en a jamais visité un. Il croit aux raffinements inouïs, aux baignoires d'argent, aux moindres objets en or fin, aux serres qui sont de véritables forêts vierges, aux boudoirs où s'entassent des fortunes en bibelots. Il exagère, il exagère toujours : c'est là son maître défaut, celui où se trahit le Provençal... Dans ce décor éblouissant qui tient du conte de fées, il ne fait mouvoir que des corrompus, que d'horribles vicieux. Là

encore, il n'a rien voulu voir de ce qu'il peut
y avoir de bon, d'honorable. Et n'en trou-
vons-nous pas la preuve dans cet aveu
étonnant : « Nous autres, manants, gens de
petite fortune, nous ne connaissons le monde
que par les procès scandaleux qui éclatent
chaque hiver... » ?

Tout s'explique alors. Il étudie sur les
exceptions. Car il nous est permis d'avancer
que les procès sont des exceptions. On com-
prend qu'en travaillant de la sorte, Zola ne
peut voir que ce qu'il y a de pire, ce que la
société rejette chaque année. « Le monde,
s'écrie-t-il, le voilà quand une passion le
secoue, quand un drame violent le jette en
dehors de ses politesses et de ses conve-
nances. » C'est-à-dire : le monde, le voilà
quand il n'est plus le monde. Puisque Zola
veut étudier la vie ordinaire, dans son train
de tous les jours, qu'il étudie la société dans
ses habitudes, dans ses mœurs, lorsqu'elle
n'est point « secouée ». Qu'il n'aille pas

choisir justement pour la dépeindre, le moment où elle est en plein « drame violent » : d'abord parce que c'est imiter les romanciers qu'il décrie, qui cherchent l'extraordinaire, le poignant, et puis parce qu'il ne nous montre pas la vie banale, la vie qu'il nous a promis de copier.

Ceci ne fait point que nous n'admirions Zola ; il a écrit des pages superbes, des pages qui resteront : plus que tout autre, il a l'art de décrire, de donner l'impression. On garde le souvenir d'un roman de lui comme d'une chose qu'on a vue. On ne saurait lui nier la puissance, la grandeur, souvent l'éloquence indignée. Enfin, il faut respecter en lui la foi, la foi sincère, vibrante, que quelques-uns ont voulu mettre en doute, mais qui existe cependant chez lui. Nous avons peu d'écrivains plus convaincus.

Il nous reste à voir, comme pour d'Urfé, les services qu'il a pu rendre. N'hésitons pas à dire qu'il a nui. Au point de vue moral,

quoiqu'il prétende être d'une lecture forti-
fiante, il a aidé certainement à la dépravation. Nous avons entendu dire à un médecin d'esprit supérieur qu'à notre époque où
tout le monde est plus ou moins hysté-
rique, il est impossible, scientifiquement
impossible, qu'une jeune femme, un jeune
homme lisent Zola sans en subir une atteinte
pernicieuse. Certaines descriptions seraient
d'un effet infaillible sur les nerfs d'un sujet
un peu faible. Récemment, dans la *Revue des
deux mondes*, M. d'Haussonville attribuait à
la littérature naturaliste l'abaissement du
sens moral, la recrudescence des crimes. Il
ne faudrait pas exagérer ces effets : ils
existent pourtant.

Au point de vue artistique, nous compre-
nons la thèse de Zola ; nous admirons dans
ces œuvres de décadence, comme il les
appelle, ce qu'il y faut admirer, l'art, la
puissance, la vérité. Il a le droit, lui, quand
paraît un de ces romans de malades « où

tout souffre, tout se plaint », de louer, de s'enthousiasmer : car il n'est qu'artiste, et nous savons bien qu'il ne s'occupe pas de l'ordure que les autres voient. Il a le droit, devant ce roman, de s'écrier : « J'ai pour lui la curiosité du médecin qui est mis en face d'une maladie nouvelle. Alors je ne recule devant aucun dégoût : enthousiasmé, je me penche sur l'œuvre, saine ou malsaine, et au delà de la morale, au delà des pudeurs et des puretés, j'aperçois tout au fond une grande lueur qui sert à éclairer l'ouvrage entier, la lueur du génie humain en enfantement. » Mais combien en est-il qui aient le droit de parler ainsi ? C'est à un petit groupe très restreint d'artistes, de lettrés, de délicats que devraient s'adresser les œuvres de Zola. Je voudrais croire que pour ceux-là seuls il les a écrites, et qu'il s'irrite, comme il le dit, de voir ses livres achetés pour y chercher des gravelures. Mais le fait est indéniable ; et ceux qui peuvent véritablement comprendre ce qu'a voulu l'auteur ne sont pas assez nombreux pour faire *monter si haut* le chiffre des éditions de *Nana* ou de *Pot-Bouille*.

Au gros public ces livres ont fait du mal. On y a trop vu l'habileté, la coquinerie triomphantes. Enfin le vice y a trop été décrit, le vice qui, sous quelques couleurs qu'on le présente, ne fait jamais horreur. Ce pessimisme, dont tous ressentent les atteintes, n'est-il pas un des fruits de cette littérature? Je ne crois pas qu'après avoir lu la *Curée* ou *Nana* on voie la vie sous des couleurs claires et gaies. On se sent attristé, plein d'amertume, quand on ferme un des ouvrages de cet homme de grand talent qui s'enorgueillit d'être un « hypocondre ».

III

Nous avons étudié les deux romanciers, après les avoir placés dans leurs milieux. Il est inutile d'insister sur les différences qui existent entre eux. D'un côté, l'ultra-sentimentalisme, de l'autre, le naturalisme brutal; ici, l'artificiel, le convenu ; et là, l'affectation du naturel. Zola décrira les maladies les plus affreuses [1] ; — d'Urfé, au contraire, voulant faire allusion à une jeune femme atteinte de la petite vérole, supposera « une beauté qui se déchire le visage avec la pointe d'un diamant ». Car il est de ceux dont parle Sainte-Beuve « qui cherchent avant tout, dans le roman, l'embellissement ou l'oubli de la vie ». Ses peintures sont de fantaisie : « Quand j'ai visité les rives du

---

1. Voir les peintures de la goutte (*La Joie de vivre*), du delirium tremens (*L'Assommoir*), la mort de Nana.

Lignon, sur la foi de d'Urfé, disait Jean-Jacques à Bernardin de Saint-Pierre, je n'y ai trouvé que des forges et un pays enfumé. » Zola, lui, aurait décrit le pays enfumé et les forges.

Pourtant entre ces deux écrivains si opposés, placés aux deux extrémités d'une évolution opérée dans les mœurs, dans les esprits, ne pourrait-on trouver quelque chose de commun ? Pour être éclos sous le même soleil, leurs talents n'auront-ils conservé aucune parenté ? Ce sont deux novateurs, deux chefs d'école : tous deux traînent à leur suite une foule d'imitateurs qui les font méconnaître, qui nuisent à leurs théories par les applications bizarres ou excessives qu'ils en font. Mais ce n'est là qu'une coïncidence. Provençaux tous deux, n'ont-ils rien de commun en provençalisme ?

Tout de suite, nous remarquons chez eux la longueur, l'abondance immodérée des détails. N'est-ce pas là un peu le bavardage méridional? Et aussi une tendance naturelle, très marquée, à décrire ? Nous touchons ici à cette importante question de la description, particulièrement intéressante à étudier dans Zola et dans d'Urfé.

« Il serait bien intéressant, a dit Zola, d'étudier la description dans nos romans, depuis Mlle de Scudéry jusqu'à Flaubert. Ce serait faire l'histoire de la philosophie et de la science pendant les deux derniers siècles : car sous cette question littéraire de la description, il n'y a pas autre chose que le retour à la nature, ce grand courant naturaliste qui a produit nos croyances et nos connaissances actuelles. Nous verrions le roman du XVIIe siècle, tout comme la tragédie, faire mouvoir des créations purement intellectuelles sur un fond neutre, indéterminé, conventionnel ; les personnages sont de simples mécaniques à sentiments et à passions, qui fonctionnent hors du temps et de l'espace ; et dès lors le milieu n'importe pas, la nature n'a aucun rôle à jouer dans l'œuvre... »

Zola se trompe. Très probablement, il n'a pas lu l'*Astrée*. Il y a chez d'Urfé une étonnante précision, la plus scrupuleuse exactitude dans les descriptions. Et nous n'hésiterions pas à dire qu'il est le premier qui ait introduit dans le roman le sentiment de la nature, encadrant les émotions du cœur humain. D'Urfé sait associer les impressions que nous font les paysages aux divers sentiments qui agitent ses héros. N'est-ce pas ainsi que l'on décrit aujourd'hui dans le roman, en montrant de quelle lumière triste ou rose s'éclaire un site, selon que nous sommes d'humeur joyeuse ou mélancolique ?

Sylvandre erre seul, la nuit, dans un bois, et « le lieu solitaire, le silence et l'agréable lumière se fait complice de sa rêverie. » « Tout ce qu'il voyait et tout ce qui se présentait devant lui ne servait qu'à l'entretenir en cette imagination. »

Ceci ne paraît-il pas tout moderne? Sylvandre a surpris les confidences de Diane à Astrée :

« Il se retira vers ses compagnons aussi doucement qu'il en était parti, et ayant repris sa place, et regardé si quelqu'un de ces bergers ne veillait point, et trouvant qu'ils étaient tous profondément endormis, il se mit à la renverse, et les yeux en haut, il considérait à travers l'épaisseur des arbres les étoiles qui paraissaient et les diverses chimères qui se formaient dans la nue ; mais il n'y en avait point tant, ni de si diverses, que celles que les discours qu'il venait d'ouïr lui mettaient en la pensée... »

Toutefois la description chez d'Urfé n'a pas les mêmes caractères que chez Zola. Elle n'est pas toujours *vivante* comme celles que Zola s'efforce de faire. Car la nouvelle école essaie de faire une traduction de la nature, comme dit Zola, qui *respire* « dans ces frissons notés, ces chuchotements balbutiés, ces mille souffles rendus sensibles... ».

« C'est injustement rapetisser notre ambi-
tion que de vouloir nous enfermer dans une
manie descriptive n'allant pas au delà de
l'image plus ou moins peinturlurée. »

Ce qui multiplie aussi les descriptions
chez les romanciers de l'école naturaliste,
c'est l'amour passionné de la nature ; ils en
sont arrivés à mettre une âme dans tout, à
faire souffrir le paysage pour ainsi dire. C'est
là ce qui distingue bien leurs descriptions
de celles de d'Urfé. « La passion de la nature
nous a souvent emportés, et nous avons
donné de mauvais exemples par notre exu-
bérance, par nos griseries de grand air. Rien
ne détraque plus sûrement une cervelle de
poète qu'un coup de soleil. On rêve alors
toutes sortes de choses folles ; on écrit des
œuvres où les ruisseaux se mettent à chanter, où les chênes causent entre eux, où les
roches blanches soupirent comme des poi-
trines de femme à la chaleur de midi. Et ce
sont des symphonies de feuillages, des rôles

donnés aux brins d'herbe, des poèmes de clartés et de parfums. S'il y a une excuse possible à de tels écarts, c'est que nous avons rêvé d'élargir l'humanité, et que nous l'avons mise jusque dans les pierres du chemin. »

Ce n'est évidemment pas avec cette poésie de la matière que d'Urfé dépeint. Mais il semble pourtant qu'il ait compris la description comme Zola, lorsque celui-ci la définit « un état du milieu qui détermine et complète l'homme. » Dans l'*Astrée*, les héros sont toujours placés dans un certain milieu ; on décrit avec soin le fond sur lequel ils se meuvent, et aussi leur manière de se mouvoir. D'Urfé peint toute chose avec une extrême vérité qui étonne lorsqu'on le lit aujourd'hui, et paraît toute moderne. Il montre ses personnages, et note soigneusement tous leurs mouvements, tous leurs gestes. On ne les entend pas seulement, on les voit parler : « Se tournant vers moi, comme souriant, elle dit en penchant dédaigneûsement la tête de son côté. » Il y a dans l'*Astrée* des petites scènes que l'on pourrait mimer. Si nous ouvrons au hasard un roman de Zola, nous trouvons ce moyen employé ; ainsi dans une *Page d'Amour* l'arrivée du soldat, « le petit bonhomme bêta » cherchant dans sa poche la lettre qu'on lui a confiée. Tous ses gestes sont notés ; on les suit jusqu'au dernier, très trivial, de se taper sur les cuisses, désespéré. C'est là ce qu'on rencontre sans cesse chez d'Urfé. On voit bien la succession des mouvements de Galathée au moment où, assise entre ses deux compagnes, sur les rives du Lignon, elle aperçoit à travers les arbres Céladon évanoui :

« Parce qu'elle croyait d'abord que ce fut un berger endormi, elle étendit les mains de chaque côté sur ses compagnes... puis, sans dire un mot, mettant le doigt sur la bouche, leur montra de l'autre main, entre ces petits arbres, ce qu'elle voyait, et se leva le plus doucement qu'elle put pour ne l'éveiller. »

D'Urfé se préoccupe toujours de montrer les attitudes, de poser ses personnages, procédé encore tout moderne. Nous voyons Astrée « qui déjà s'étant assise sur un vieux tronc, le coude appuyé sur le genouil, la joue sur la main, se soutenait la tête et demeurait pensive... ».

Quand le berger et la bergère causent, assis l'un près de l'autre, tout comme un romancier d'aujourd'hui il nous montre l'endroit : « Un tertre un peu relevé, contre lequel la fureur de l'onde allait se rompant, soutenu par en bas d'un rocher tout nu, couvert en dessus seulement d'un peu de mousse... » ; et nous voyons le berger qui, tout en causant ainsi au bord de l'eau, distraitement « frappe dans la rivière du bout de sa houlette ».

S'il est vrai que sa description manque d'âme, n'a pas cette vie qui circule dans celle de Zola, et qu'on sent souvent, lorsqu'elle se prolonge, que l'auteur prend à la faire un

« plaisir de rhétoricien », si elle ressemble à celle de Théophile Gautier, elle n'en est pas moins souvent gracieuse, et dément l'assertion de Zola qui nie qu'on ait décrit dans le roman au xviie siècle.

Cette description semble d'aujourd'hui : « Sur le penchant du vallon voisin, duquel ce petit ruisseau arrose le pied, il s'élève un bocage épais, branche sur branche, de diverses feuilles... là, les arbres s'entre ombragent, épandus l'un sur l'autre, de sorte que malaisément pouvaient-ils être percés du soleil, et par ainsi au plus haut du midi même, *une chiche lumière d'un jour blafard y pâlissait d'ordinaire.* »

D'Urfé se rapproche encore de Zola par l'extraordinaire minutie, par l'amour du petit détail. Quand il peint les tableaux de la Grotte merveilleuse, il nous fait exactement voir la position de ses Amours. En voici un qui, « ayant mis la corde à un des bouts de l'arc, afin de la mettre en l'autre, baisse ce côté en terre, et du genou gauche plie ce côté en dedans ; de l'estomac il s'appuie dessus, et de la main gauche et de la droite, il tâche de faire glisser la corde jusqu'en bas. Cupidon est un peu plus haut, de qui la main gauche tient son arc, ayant la droite encore derrière l'oreille, le coude levé, les trois premiers doigts entre ouverts et presque étendus ».

Ne serait-il pas piquant enfin de montrer dans quelques descriptions d'Urfé naturaliste, d'Urfé aussi réaliste qu'a pu l'être Zola ? Voilà sans doute ce que peu de gens soupçonnent. Prenons cette vieille qui est dépeinte « une baguette en la main droite, un livre tout crasseux en l'autre, avec une chandelle... ». Les oppositions des ombres, les effets de la chandelle entre les obscurités de la nuit, sont notés comme par Zola lui-même : « le côté gauche du visage fort clair, la bouche entr'ouverte paraît par le dedans claire, autant que l'ouverture permet à la clarté d'y entrer ; le bras qui tient la chandelle, vous le voyez auprès de la main fort obscur, à cause que le livre qu'elle tient y fait ombre, et le reste est si clair par le dessus qu'il fait plus paraître la noirceur du dessous. »

Voici une page, la description d'un noyé, qui est du pur naturalisme, il n'y aurait pas un mot à changer pour l'introduire dans un livre moderne :

« Il avait encore les jambes en l'eau, le bras droit mollement étendu par-dessus la tête, le gauche à demi tourné par derrière et comme engagé sous le corps. Le cou faisait un pli en avant pour la pesanteur de la tête qui se laissait aller en arrière ; la bouche, à demi entr'ouverte et presque pleine de sablon, dégouttait encore de tous côtés ; le visage en quelques lieux égratigné, souillé, les cheveux qu'il portait assez longs si mouillés que l'eau en coulait comme de deux sources le long de ses joues ; le milieu des reins était tellement avancé qu'il semblait rompu, et cela faisait paraître le ventre plus enflé, quoique, rempli de tant d'eau, il le fût assez de lui-même. »

Le dernier trait est tout à fait remarquable : « Au même instant l'eau qu'il avait avalée ressortit en telle abondance, que Nyope eut opinion qu'on pouvait le sauver. »

Nous pourrions citer encore bien de ces descriptions. En quelques mots, d'Urfé nous montre le petit Sanymède « grasset, potelé, blanc, les cheveux dorés et frisés », ou un nègre horrible, « le visage reluisant de noirceur, les cheveux raccourcis et mêlés, la barbe à petits bouquets, la bouche grosse, les lèvres renversées et presque fendues sous le nez. » — Ce tableau de Saturne dévorant ses enfants prouvera que ce n'est point un paradoxe de soutenir qu'il y ait du naturaliste dans d'Urfé. Il nous montre le dieu « la bouche dégouttante de sang, pleine encore d'un morceau de ses enfants dont il avait

*

un demi mangé en la main gauche, auquel
par l'ouverture qu'il lui avait faite au côté
avec les dents on voyait comme panteler les
poumons et trembler le cœur... » L'enfant a
la tête renversée, « les jambes élargies d'un
côté et d'autre, toutes rougissantes du sang
qui sortait de la blessure que ce vieillard lui
avait faite, de qui la barbe longue et chenue
se voyait tachée des gouttes de sang qui
tombaient du morceau qu'il tâchait d'ava-
ler. Ses bras et jambes nerveuses et cras-
seuses étaient en divers endroits couvertes
de poils, aussi bien que ses cuisses maigres
et décharnées ».

Ainsi, tout comme Zola, d'Urfé a eu la
passion de décrire : il a introduit dans le
roman le sentiment de la nature, que plus
tard Zola ramène, après George Sand, en le
concevant d'autre manière. Les deux romanciers ont ce même soin du menu détail, de
la précision. Ils en arrivent l'un et l'autre à
écrire de trop longues pages d'inventaire. Et

ces descriptions auront sans doute la même fortune. Combien de celles de d'Urfé aujourd'hui nous paraissent insupportables ! Et pourtant elles durent intéresser autrefois, alors qu'elles montraient les choses de l'époque, qu'elles portaient sur ce qui plaisait. Que de descriptions chez Zola paraîtront aussi fastidieuses que celles de l'*Astrée*!

Nous cherchions quel caractère commun pourrait trahir en ces deux Provençaux leur pareille origine, pourquoi ne pas nous arrêter à ce goût très vif qu'ils ont tous deux de dépeindre, d'énumérer longuement, à cette habitude bien provençale de faire tout voir à celui à qui on raconte, de n'omettre rien ? Notre amour du pittoresque se révèle dans ces paysages vivement brossés, enlevés de verve. Et ne pouvons-nous pas reconnaître notre prolixité, notre bavardage légendaires, dans les interminables pages de description ennuyeuse, infatigable, vide ?

IV

Le roman sentimental confond la miè-
vrerie et la grâce, le subtil et le fin, le
maniéré et le joli ; le roman naturaliste, la
violence et la force, la brutalité et l'éner-
gie.

L'un aboutit à la convention, à la fadeur,
à la chimère ; l'autre à l'exagération ou à la
médiocrité. On peut dire des rapports du
roman sentimental et du roman réaliste ce
que M. Paul Bourget dit de ceux du roman
réaliste et du roman piétiste, qui est
aujourd'hui le dernier terme du roman
idéaliste : « Chacun d'eux n'est pas seulement coupable de ses propres fautes ; les
premiers doivent répondre aussi des réac-
tions antilittéraires chez ceux que révoltent
leurs tableaux trop crus ; les autres, par leurs
fades inventions, redoublent chez les esprits

énergiques le désir d'étonner le lecteur par le scandale... »

N'y aurait-il pas un juste milieu à prendre? Où se place la vérité? Pour nous, il nous paraît que ce sera dans une observation impartiale, dans une peinture exacte, évitant les exagérations de couleur. Non point le réalisme, mais la nature.

Pour voir juste, comme le demande Zola, pour avoir le « sens du réel », dont il parle tant, il ne faut pas voir trop en beau, ou en fin, comme d'Urfé, ni trop en laid et en grossier comme Zola. La vérité montrée simplement, c'est là la grande tradition du roman français, qui va de la *Princesse de Clèves* (surtout de cette première partie que Mme de Sévigné trouvait admirable) à *Manon Lescaut*, à *René*, à *Adolphe*, aux romans rustiques de George Sand, à la *Comédie* et au roman de mœurs si humain de Balzac.

Le débat entre les deux écoles correspond

à l'éternelle lutte qui se prolonge en France entre l'esprit gaulois et l'esprit précieux. Il y eut de tout temps chez nous deux tendances qui se combattent et qui ne réussissent à se concilier que dans les très grands écrivains. Au-dessous d'eux, les uns sont gaulois, les autres précieux, dit M. Brunetière. Pour comprendre ce que nous voulons exprimer, il faut entendre le mot gaulois au sens où il l'emploie : « l'esprit gaulois est un esprit d'indiscipline dont la pente naturelle, pour aller tout de suite aux extrêmes, est vers le cynisme et la grossièreté. » Et l'esprit précieux est un esprit de mesure, de politesse, qui trop vite dégénère en esprit d'étroitesse et d'affectation.

Les romanciers souverains seront ceux qui auront su n'être ni trop précieux par amour de l'idéalisme, du sentimental, ni trop réalistes par brutalité, par franchise cynique, et qui auront équilibré leur talent entre ces deux tendances, « également fortes parce qu'elles sont également intimes à l'esprit national ».

De ces maîtres du premier ordre dans l'art ingénieux, exquis, du roman, maîtres par la mesure, par l'équilibre, comme par le génie, par l'art de concilier l'idéal avec l'observation et la vérité humaine, notre Provence passionnée, excessive, en produira-t-elle jamais?

Que l'avenir lui réserve ou non cette gloire, elle a celle d'avoir vu deux Provençaux porter au plus haut point d'éclat les deux formes opposées et extrêmes d'un genre littéraire excellemment français.

Février-avril 1887.

NOTES

(a) Il semble que cette phrase contienne une erreur typographique et qu'il faille lire non pas: *les prêtres*, mais *les poètes*.

(b) Un M. Tollon a été juge au tribunal de Marseille à l'époque où Edmond Rostand s'y trouvait adolescent. C'est probablement de lui qu'il s'agit ici.

(c) Ed. Rostand prend ici l'adjectif *compendieux*, comme on le fait souvent par erreur, dans le sens de *long, interminable* alors qu'il signifie au contraire : *bref*.

TABLE

MÂCON, PROTAT FRÈRES, IMPRIMEURS.

BARTHOU (Louis), de l'Académie française. **La bataille du Maroc**, pet. in-8°... 3 fr. 25

BÉDIER (J.), de l'Académie française. **Les Légendes Épiques.** Recherches sur la formation des chansons de geste. 2ᵉ édition revue et corrigée, 4 vol. petit in-8, chaque................... 10 fr.

> Couronné par l'Institut. GRAND PRIX GOBERT 1911 et prix JEAN REYNAUD, 1914.

— **Hommage à Gaston Paris**, in-16........................ 2 fr. 75

— **Discours prononcé à l'Académie française**, le 3 novembre 1921 par M. J. Bédier, élu en remplacement d'Edmond Rostand, in-16... 3 fr.

CHARLIER (Gustave). **Un amour de Ronsard « Astrée »**, in-8, portrait.. 5 fr.

CYRANO DE BERGERAC. **Œuvres libertines**, p. p. LACHÈVRE, 2 vol. in-8 (*Sous presse*).

FRANCE (Anatole), de l'Académie française. **Sur la voie glorieuse**, in-4, fac-similé.............................. 5 fr. 25

MAURRAS (Charles). **L'Étang de Berre.** Les trentes beautés de Martigues. La politique provençale. La Sagesse de Mistral. Maîtres et Amis : Le sacre d'Aix, P. Arsène, F. Amouretti, A. Guigou, Lionel des Rieux, J. Moréas. Barbares et Romans, 1915, in-8,.. 10 fr.

> Quelques exemplaires sur Hollande. 50 fr.

NOLHAC (Pierre de). **Ronsard et l'humanisme**, 1921, in-8. XI-365 pages.. 35 fr.

> Il a été tiré cinquante exemplaires sur papier vergé de Hollande. 60 fr.

RIPERT (Emile). **La Renaissance Provençale** (1800-1860). 1918, in-8 de 550 p..................................... 19 fr. 50

> Prix BORDIN (Académie française). — Prix THIERS (Académie d'Aix).

— **La versification de Frédéric Mistral.** 1918, in-8 de 160 p. 7 fr. 80

— **Éloge de Frédéric Mistral.** Discours prononcé à l'Académie de Marseille le 1ᵉʳ février 1920, in-8 de 32 p............... 2 fr. 50

Revue de littérature comparée, dirigée par F. BALDENSPERGER, et P. HAZARD. Secrétaire : Édouard Champion, 1922, 2ᵉ année. Abonnement.. 40 fr.

Année 1921.. 50 fr.

MACON, PROTAT FRÈRES, IMPRIMEURS